KB044643

그러니까,
이냐시오 로욜라 숲은

이희옥 시집

문학세계사

2001년 5월부터 지금까지 쓴 시중에 51편을 모아 시집을 묶는다. 모아 놓은 시들을 다시 읽어 보니 내가 만난 세계의 경이를 충실하게, 내 목소리를 내는 데 더 정성을 기울여야겠다는 생각이 든다. 하지만 여전히 함량 미달의 정신밖에 못 가졌다는 사실이 괴롭다. 애초에 내가 비좁은 그릇이라 하더라도 나는 내 시의 역정을 따라 갈 것이다. 그것이 막막함을 풀어 가는 가장 원천적인 힘이라고 믿는다.

사람들과 세상의 모든 것들과 나의 울음터가 되어 준 시가 고맙다. 가족을 포함하여 나의 시를 받아 준 문학세계사와 편집부, 과분한 애정을 쏟으며 해설을 써 준 이창기 시인 선배, 몇십 년 시적 예의가 없는 학생이었음에도 기꺼이 시집 뒷면에 글을 써 주신 홍신선 시인 은사님, 정처 없는 나를 격려해 주신 신달자 시인 선생님께 이 자리를 빌려 깊이 감사드린다. 이 시집이 모자란 엄마를 잘 지켜 준 규수와 지수에게도 변명이 되었으면 좋겠다. 내 마음 속의 그. 영원한 그를 위하여. 그리고 딸의 등단 소식을 듣지 못하고 고인이 된 아버지와 어머니께 첫 시집을 바친다.

이 희 옥

□ 차 례 ···

1

2

3

4

1

사람들 속에서

사람들 속에서 그를 생각한다
그는 사람들 속에 공기 같은 사랑을 운반한다
저 세상에서도 살갗 문지르듯 언제나
사람들 속에서 아름다운 무지개를 긋는다
깜깜한 밤에
땅 속 뿌리처럼
온통 하늘은 형형한 무지개로 나를 사로잡는다

진흙 자국

입 다문 나무는 깊은 허기로 출렁인다
한여름 강한 초록과 색다른 바람 향을 맡으면
쉴 새 없이 나무의 온 생각들
나무가 숨을 집중하듯 그저 바라볼 때
제 속의 깃발을 세차게 흔든다
그래도 나무는 계속 바라보는 일만 한다
너그럽게 가슴을 활짝 연다
나무는 나날이 달라진다
오랫동안 허기진 마음을 알아 주는 듯
나무 옆 가지들이 힘껏 햇빛 받쳐 주면서
서로의 마음을 이어 환히 펴 준다
이제 잘 지냈던 허기와 더 돈독해지겠지만, 그러리라
믿고
나무는 향기 없는 말이 새어나오지 못하게
자꾸 이리저리 진흙 자국을 살핀다

무당벌레

무당벌레 한 마리가 나에게로 왔어
환한 햇빛이 새로 생겨난 자리
그 속에서 몇 번이고 날개를 팔랑거리더니
잘 자란 나무 기둥 사이로 슬픔이 빠져나간 듯 사라졌지
아마 하늘도 여길 들여다보고 있을 거야

이렇게 함께 햇빛과 앉아 보는 자리,
나는 신발을 벗어 놓고 다시
매달리며 연연해하는 것들 안에 들어가
가볍다는 생각이 들 때까지 천천히 기도문을 외웠지
저 무당벌레가 날아간 공중
햇빛은 보이지 않는 바람에 급히 달려가 끌어안고
도리질하는 나는 길을 잊고 있다가
오늘 불시에 햇빛 속으로 나아갈 곳을 찾게 되었어

빗소리 그친 저물녘

저물녘에 멈춘 빗소리
참으로 많이 땅에 떨어진 빗자국을 본다
꽃이고 나무이고 길들이 나를 세워 놓고
어둠이 속살을 저며 놓도록
빗소리 멈추고 멈춰지는 저물녘
허, 여기 세월이 와 있네
저 허울 벗겨 나는 빗물처럼
내 얼마 남지 않은 삶 앞에서 가만 귀를 세워 둔다
단련 받는 나무토막과 마주하여
이렇게 푸른 내 몸이 느끼는 코끝
방금 몸 밖으로 번지는 빗자국들

산양 두 마리

산양 두 마리가 뿔박치기를 하며 싸우고 있다
바위 절벽에서 여명 밝을 때까지
후회는 지나갔다
햇볕이 잘 들고 찬바람을 피할 수 있어도
잡풀이 우거진 땅
그 뿔이 피에 젖을 때
진실은 불편하다
거짓은 흥분시킨다
사람아, 세상이 재밌다고 말하지 마라
그때 철렁한 것은 마음이니
이게 어려운 법
잊지 마라
말도 꺼내지 마라
가슴도 때리지 마라
상처가 크면 착각에 빠진다
눈 쌓인 바위 구멍 속에서
종일 기도해라
나를 다 바꾸지 못하고 살면서

조금 더 나아지는 일
울음을 쏟아라
서로서로 뿌리 모여
바위 중심으로 올라가라
물바람 열매가 빛난다
번개가 따라올 수 없게
높이

오름공원

퇴근길, 오름공원을 지나간다
바람과 뉘엿거리는 해
공기 속에서 뒹군다
귀를 가만히 씻기는 바람은
조용한 길목으로 나를 이끈다
어디까지 가야 하는 걸까
길은 눈앞에서 알 수 없는 법
저무는 하늘 바라보며
놔둠과 놓아 둠이 주는 자유
내 걸림돌을 치울 수 있는 빛을 기억한다

공중에 가슴 내미는 체온이
몸속 자라나는 어둠을 내쫓을 때
내 마음도 새처럼 하늘 위로 날아오른다

공중의 바람은 여전히 불고 싶은 대로 지나가고
해 질 녘 걷는 그림자는 어김없이 낯익은 길을 찾아간다

야당 맑은연못 성당*

저무는 저녁과 함께 나무들이 고요하다
주머니 속에서 묵주알 굴리면
새는 울지도 않고 나뭇잎들은 한없이 반짝인다
세상의 움직이는 것들
묵묵히 응시하고 하늘에 기댄 채
가만가만 그 속을 헤아린다
쉽게 잊어버릴 수 있는 것도 있지만
언제나 내 눈앞에 아롱대는 것
한적하고 소박한 성당 밖에서
촛불 하나 불 밝히면
마음 사이사이 불사르는 불꽃이 고맙다
언젠가 들을 종소리같이
햇살로 내 몸을 비워 내는 자리가 뜨겁다
간절함은 이렇게 쉼 없는 이의 샘터
가볍게 한 걸음씩 걷는 지금 성당으로 가고 있다
곧 부활절 앞두고
나에게로 오는 이
살아 왔던 내 삶은 바람결에 따라

나무 그림자와 같이 땅을 밟는다
성당 마당에 펼쳐 놓은 달과 별이
밤새 세 천사와 함께 지켜 서서
아름다운 씨앗을 심고 밤은 나를 노래하게 한다

*우리말을 더해 최성우 신부가 이름 지은 파주시 야당동 신설 본당.

헛바람

천천히 새암 공원을 걷는다
바람이 까칠하다
갑자기 획 날아가는 새도 쌀쌀맞다
환한 햇살
내려오는 길 따라 옮겨 가는 발소리에 귀 기울인다
살이 빠진 나뭇가지들
상관없이 뿌리 위로 힘찬 물이 흐르고
저 야트막한 언덕길
조팝나무 가지 끝에 졸망졸망 모인 새싹도 좋다고 수
군댄다
새로운 만남을 기대한다
어설픈 세간에
비바람 속으로 뛰어드는 발등 눈부시다
바위 틈새에 헛바람 지나가지 못하도록
사람이 자랑하는 것들
붉은 피로 걷어 낸다
긴 시간, 견디어 낼 먹먹하고
엎드려, 울음 쏟아 내는 외로움이어도

끝없는 만남을 위해
한줄기 빛을 바라봐야 한다
올해 봄이 또 왔다

토끼풀

나무 아래로
토끼풀을 본다
길을 내고
바람이 낳은 풀
저녁 어스름
살에서 헤엄치는 피
마음에 가장 환한 풀 열반
벌판 같은 풀 열반의 향, 맑은 눈길
그 눈길 속에
기쁨이 화끈거리는 풀
곤두박질하는 사랑의 모습
꿈들이 다 여기에 모여 붐비는 모습

저 잠자리 떼

무덤 앞에서 맴도는 저 잠자리 떼
저쪽 생의 장면이다
햇빛이 만들어 놓는 그리움이다
퍼뜩 따뜻한 바람이
내 속을 훑어 내는 한낮
눈물 가득 실어 오는
엄마의 나팔꽃 까만 씨처럼
한 세월 야물딱지게 맺히다가
아득히 숨이 멈춰 걸려 있던 새벽
아 이제 육신이 한 움큼 흙 되고
그 육신의 모든 흙은 그리움이다

마음의 공부는 어떻게

여름이고요 장맛비가 온 하늘 곳곳 구멍을 뚫어 대는 여름이고요 종일 골방에서 앓아 눕던 절름발이가 바람 모인 옥상에 올라가 지붕 위에 떨어진 어금니를 보듯 나는 낡은 방을 나와 돌계단을 내려갑니다 눅눅한 여름이고요 빗물에 두 발 흠뻑 젖은 그리움 벗겨지고요 어휴 빈 가슴에 빗자국 생기고요 여기가 어디쯤인지 돌계단 끝까지 내려온 여름날에 방향을 잃었습니다 내가 가야하는 길은 어딘가요 아득한 갯벌도 없고 까맣게 꼬인 전깃줄도 없고 알 수 없는 슬픔도 스며들지 않는 땅 나 그 길로 걷고 싶습니다 여름이고요 구름을 덮치다가 코피 흘리고 싶은 7월이고요 천둥번개에 오십견 왔고요

상처 속에서 기다리는 이

상처 난 살이 썩어도 끝까지 기다리라
옥상에 올라가 별을 찾으리라
보이는 것이 희망은 아니다
보이지 않는 것을 희망하려면
내 별에 씨알을 심고
걷어차고 떠난 사람을 이해해야 한다
그래야 용서하는 때가 온다
이른 새벽 가장 먼저 귓가를 두드리는 새의 노랫소리
가 아니라면
내 속에 소름이 돋지 않으면
비워 가던 길을 걷지 못하리라
땅이 흔들리게 울음이라도 터뜨려야 한다
긴 눈물이 잠길 때까지
한때 사랑하며 살아온 우리 사이에 매듭 푸는
내가 시詩가 될 때까지

2

구름 떠나듯이

조용히 줄기에 몸을 묶는다
구름이 달라진다
여름이 지나고 구름이 허리를 세워 체온을 높이고
햇살의 주머니를 벌리면
그것들은 뭔가의 냄새를 태우기 시작한다
날렵한 불꽃이 눈썹을 그릴 때
날렵한 숨결을 씻고 그린다
푸르고 맑은 시기이다

구름 떼는 비슷한 가슴끼리 만나려고 뜸을 들인다
먼저 부드러운 구름은 먼저 따뜻한 곳에서 머문다
두 팔을 올린다 저 원류의 법칙을 향해
무딘 맘 문지르며
고요 속 넓이로 떠난다
순수하고 정결한 저기
홑 겹을 이루는 단순함
두 팔을 올린다

구름은 온 정신을 이곳저곳 원류대로 떠나지만
오랜 구름은 늘 그 자리를 지킨다
그렇듯 든든한 것은 한가운데 있다
구름의 속옷을 벗길 마음으로 나를 내려놓는다
꼿꼿한 수직선을 그리며 가슴 밑까지 비워 낸 투쟁 의식
한 생애 마칠 때
늘 그렇게
곧장, 간다

내가

길상사에서

수십 년 된 나무 아래 앉아 올려다보는 연등
무수히 연등 단 나무들을 바라보는 마음
불 밝히는 등이 되고 싶은 연등 불쑥 켜져
연등 끌어안아 보는 것

간절하니 언젠가 이뤄질 테지
음력초팔일에 찾는 길상사 왕생극락 하얀 등 향하여
세상 떠난 아버지 더 좋은 빛으로 안식하시라고
두 손 모았더니

순한 마음 흘러
내 곁 살아 있는 식구들에게 행복을 주고 싶더라
저마다 빌고 있는 행복을 주는 것이 제때 준 행복이려니
식구들 이름 하나씩 적는 손 떨림

맨 끄트머리만 여백을 남겨 두고 두근거리는
오랜 고목이 된 푸른 잎 사이로
맑고 향기로운 것들

하늘 같은 마음 이 나무 저 나무 지나가는
욕심내지 않는 바람 몇 줌 쥔 오늘 가만히
옳거니, 그래 바로 이거였어 연등 바라보며

여기서 바라보는 달빛

그는 불안한 모습으로 서성거립니다
밖은 모두 낯선 모습을 하고 있다고 나는 생각합니다
아침 출근길에서 현관문과 엘리베이터 사이, 서먹서
먹하게,
층계의 아래쪽으로 누르는 그 굉장한 침묵에
두 사람의 숨소리가 기우뚱했습니다
도시의 사람들이 서로 몸을 흔들며 버스를 탈 때에
돌연 사방으로 검은 하늘이 보입니다

그것이 '이별'이라는 애칭 쓰는 내 비밀이지요
나는 가족들과 나를 기억하는 사람들에게
나의 이별의 애칭을 알려 주지 않음으로써
나를 지키고 싶었어요
다들 저런, 저런, 하겠지만 흐르는 눈물에 문득
사랑이 전부야, 나는 중얼거리며
봄, 풀씨 하나 스스로 이룰 때까지 몇 년을
나는 어둡고 습기 찬 돌방 속에서 살아야 한다는 걸
참기로 했어요

나는 평생을 하늘과 땅이 맞닿는 빛깔로 옮기고 싶었
지만
　그것은 푸른 먼지 혹은 흰 담배연기 같았어요

　어느덧 저녁 무렵
　서쪽으로 이지러진 사랑의 표시가 사라져 버리고
　내 사나운 시절을 애써 감추려고
　후미진 아파트 단지 속에 서성대다
　어둑한 시간이라 사람들은 늘 그렇듯,
　대여섯 명의 남녀의 웃음이 뒤섞입니다
　나는 꼬부라진 어둠 구석을 빠져나와
　발밑에 반짝이는 외롭고, 분명한 그리움만으로 흩날
리는 꿈들,
　그가 훗날 빛난 얼굴로 문 밖에서 당당하고 아름다운
말을 할 때도, 나는 고요하고
　찬란하게 녹아 내리는 달을 들여다볼 것입니다

순례자

그가 뿌린 피의 땅을 바라보면
하늘 보기가 죄스러워 고개를 숙인다
그러면 그는 또 바람결에 부딪치며 사풋사풋 살아 오른다
도끼날처럼 깡마른 그가 그냥 안일했던 하루의 나를
쓰다듬으며 지나간다

그렇게 한밤 돌아보는 이튿날
소리 없이 일어서는 태양만큼 빛살 속에서
스스로의 어둠에 저항하여
얼음장 몸을 던지면서 이리저리 강물 속을 흘러 다닌다
마음을 붙잡는 힘이 눈뜰 때까지
내면의 깊이로 죽어간 강을 찾아

간다, 지나간다, 순교 터의 곳곳마다
꽃 보라가 일어서며 진하게 눈짓을 하고 있다
몸 밖으로 넘치는 눈물보다 빛나는
파랗게 힘줄 돋은 열절

자기 가슴으로 흘러가는 생명의 강줄기

지금 마음 아픈 낮에도
노을을 파고드는 고가도로에도
불 켜진 빈방에도
그 풍만한 음률의 충혈된 무덤가에도
열심히 살도록 구름이 놓아 주는 다리
기도같이, 보라, 들어라, 찾아라, 기도같이

참으로 내 손 사이로 꽃빛이 자글자글하다
이미 나의 삶에 이웃했을지도 모를
부드러운 성품 내 영혼의 변모
아!
내 꽃, 내 영혼, 내 순교 터
반복으로, 어김없이 걷는

둥근 몸부림

가지의 무수한 잎 바라보는
나의 눈은 바람을 닮아 짙은 하늘이 된다
언젠가 때 되면
한 잎 두 잎 결별할 터이지만
문득 내 눈 속에 스며드는
이 시원한 시간
드러나지 않은 눈빛들이
안으로 쌓여
가슴 바닥을 쿡쿡 찧는다
잠시 머무는 동안
공중을 곱게 접은 협곡의 초가을 빛
은은하게 정겨워라
내 암담한 조건을 서녘 빛으로 물들이던 꽃
시시때때 나무와 어울려 이제는 둥글한 몸부림이다
꽃술이 조용히 앉아서 향기를 깔아 놓고 있다
물 없는 땅 위에서
내 고유한 우물을 만드는 것은 길
꿈의 힘이니

해 질 때

그러게요 맵찬 바람이 불고 있었네요

이제 해 뜨는 하늘도 좋지만 해 지는 하늘을 더 좋아
하게 됐지요

해 질 때는 보던 책장에도 으스름히 그늘이 드리워져
누군가 올 것만 같았어요

책장을 펼치면 숨결에 와삭거리는 아득한 풀밭 속에
들어가

나는 보지 않은 길

내 손발자국으로 새로워지는 길

다른 사람을 위해 풀잎들을 꼭꼭 다지며 걷다가

글자가 밤길 속을 날아다니는 날엔 나는 숨찬 맥박을
무지개로 바꾸기도 합니다

어둔 밤이 유리창을 새까맣게 칠하면

나는 책을 짠해지는 정화의 생수처럼 벌컥벌컥 마셨
지요

그리고 손가락에 애정을 발라 눈에 갖다 댔어요

글과 책이 무엇을 의미 하나

나는 가만 멈춰서 나를 기다렸어요

　그러다 씨 자란 숲에서 점잖게 책의 생명과 사망을 다
스리게 되었지요

　그러게요 맵찬 바람이 불고 있었네요

　이제 해 뜨는 하늘도 좋지만 해 지는 하늘을 더 좋아
하게 됐지요

　해질 때는 보던 책장에도 으스름히 그늘이 드리워져
누군가 올 것만 같았어요

　어둔 밤이 유리창을 벗겨 버립니다

　책은 세상이고요

　고요함이 사라진 역사를 흥미롭게

　어둔 밤에 수명이 다하도록 수집합니다

　나는 책상머리에서 색시같이 책치레합니다

　책이 태어납니다

　모든 문명의 관심 속에서

　그러게 말입니다 맵찬 바람이 불면

　으스름히 그늘이 드리워져 누군가 올 것만 같았어요

7월, 무거운 돌

그 사람 질긴 침묵이 고달파 나는 떠나 버렸어요
반평생 훨씬 넘긴 이마는 깊어지고
괴로움에 지친 눈두덩도 낮아졌고요
자기에게 기다림은
한여름 적막한 구름 속으로 들어가 귀 기울이는 것이
려니
가만히 숨결에 젖어 끝내 비틀비틀 찾아가는 것이려니
말려드는 몸살 다 끌어안고
그 마음 그만큼만 녹여 열렬히 돌을 주워 담는 것이려니
그래서 사방 잠잠하면
날마다 새벽에 달려가
그 사람을 쳐다봤어요
실은 어제도 오늘도 불 끈 골방에서
내 얼굴만 더듬더듬 만졌거든요

일어서는 바람

헐벗은 잔가지에
가슴이 헐리듯 바람 불 때
그렇다
그것은 분명
일어서는 바람이다
그 순간
나에게도
다 큰 사람의 아버지 이름을 위하여
더없이
무명의 꽃밭에서
싱싱한 의욕을 둘러쓰게 한다
오늘
모든 가슴속에 모두의 꽃은 아니지만
무명의 꽃밭에서
나는 조그만 돌이 되어
부서져 내린다
그래서 외딴 마음 주시는 날에 휘파람 부는 아버지
돌을 넘어서

의미 있는 돌에게 웃으라고
그러면 내 눈 밑의 꽃봉오리마다 비 내리고
손바닥 꽃 피면
황량한 이 들녘은 마침내 바람을
볼 것이다

내가 뒤뜰을 가질 때

빛이 쪼개져 꽃이 되고
자갯돌들은 그 빛의 알갱이로 뒤뜰을 지어
산등성이에 가슴이 터지게 두드렸다가
도로 고요히 앉아 귀 기울이는 곳

와서 보라
달이 옷깃을 여미고
황송하게 건네 주는 곡조

말없이 뒤따르는 밤공기가
진정 하늘을 빤히 뚫고 보던

울타리 둘러싸인 뜰의 안쪽을 보면
낙타가 자기 등에 물줄기를 심어 놓고
아버지 무덤인 줄 알아보고 발로 헤집듯

늘 기다린 길을 걸어가며 이제 무릎 꿇어
첫눈이 오기 전에

핏빛 옥잠을 꽂으며
한 올 한 올 다음다음 어루만져 차림새 단장하면
유달리 웃음 많을 듯
맑고 환한 머리에 솟아나는 따뜻함의 마음을 내놓고
깎아서 청정한 끈을 묶으며
괴로운 짐 지켜가려고 생각하는 그 몫으로
착한 하늘이 뒤뜰을 쓸고 있는 손
당신이 곡조를 들으며 동네 어귀를 걷던
그 높은 언덕으로

도토리

물든 나무들 틈에 끼어 줄곧 걷다 보면 볼 수 있다
시치미 떼고 비밀 지키는 도토리 깍정이
그 종지 모양의 받침 속을 들여다보며 상실橡實을 녹여
본다
도토리 깍정이를 도톨도톨 솟아나게 하는
쌀 같은 꿈
상목像木,
상실橡實,
잎으로 가린 굽은 뿌리 땅 끝으로 내려가면
똑바른 나무 자리 잡고
등성에 올라가 있을 작은 도토리들
자나 깨나 허허실실 골라 내기는 마찬가지다
이길 저길 등 굽혀 주워 올린
빛 좋은 도토리는 한 줌 웃음처럼 의미심장하고
질긴 도토리 깍정이의 상목像木, 상실橡實만
자꾸 응달을 벗는다

그 집

그녀는 꿈들이 생겨나는 아득한 덩어리 속에 집을 짓
는다
가장 먼저 천천히 눈여겨보았던 단단한 머릿돌 세워
놓고
바람에 흔들리지 않는 흰 벽의 바른 창을 조각한다
각각 칸 살마다 칸타빌레로 젖은 나뭇가지들 한데 모으고
안채로부터 바깥채에 이르기까지 지극히, 맑은 채색
나지막한 빛으로 칸칸이 달라지고 한길엔 마음 푹 놓
고 속삭인다
아주 작은 외방에 창구멍을 뚫고도 화살 같은 그 곧은
빛 멈추지 않아
무안스럽게 바라볼 때 빛살은 창의 전망 따라 넓혀 가고
등줄의 땀이 떨어지면 그녀는 저 심원하고 소박한 지
붕을 올려다본다
간혹 진눈깨비 올 때마다 깊은 바닥, 피가 흘러 만나
는 바람 뿌리를 생각하며
죽어서 얻어야 길 거듭 생명에로 가는 길뿐이라고
날마다 그런 길 되어야 하는 줄 알고 새벽별 쓰러지지

않도록

차곡차곡 올려놓는 기왓장, 그렇게 차츰 모습을 드러내는 그 집

그녀는 곧 탄생되는 그 집을 기다리며 조금 더 앞으로 고개를 숙인다

이제 사람과 사람 사이의 가슴마다 달아 줄 기쁜 소리를 마련해 놓는다

하늘땅의 풍경소리 바람이 부는 곳에서 정다운 소리 마시고

바른 창이 서로 뒤엉키어 마음에 닿는,

성냥불 그을 때마다 다시 빛나라고 풀숲에 넣어 둔 새벽이슬,

어둑한 집 뜰 앞을 지나 그녀는 걸어 나간다

은잿빛의 호젓한 새벽 속을

싱싱한 음향을 쥐고, 고요한 어조가 언제나 수의인 것처럼

끝없는 소리소리 눈 뜨는 소리를 그 집에 옮겨

차분하고 친밀해진 그녀 그 마음속으로 부드럽고 연한 빛이 고인다

심양을 찾아서

　나는 지금 대륙들이 채색된 지도 가운데를 걷고 있는 중
이다
　심양이 어디쯤인가, 세계 지도 속을 살펴보니
　지도 속의 더 좋은 나라에 상륙하는 사람과 함부로 출항
하는 배고픔이
　심양을 판화처럼 까만 산맥으로 가로막고 있다
　나는 얼른 지도를 산사람의 손에 얹어 놓고
　어깨로 떠받드는 하늘 향해 더 한 줌의 잿더미가 되어
　수백 개의 별 가운데 진정한 별처럼 괴로움이 많은 사내
를 기다린다
　공처럼 이리저리 굴리고 싶었던 사내, 내 사람이
　떠나가서 중천에 걸려 있는 세상 속의 달과
　돌아와서 한쪽에 붙어 있는 천장 밖의 별이 없다면
　우리 눈에 익은 그 지도가 무슨 소용이 있을까
　어느덧 허다한 물건 걷어치우듯 지금은 나무에 단풍들고
　지도 면면마다 모든 구역을 훑으며
　지도의 지도를 포함한 나라들이 색으로 나누어져 있질
않고

나는 앓아 누웠던 한 사내의 순정과
상처를 품고 외곬을 설명하는 지도를 바라본다
따사로운 어머니처럼, 재생의 내음을 맡을수록 한없이
우러나오면서 불붙는 사막의 모래를 찾아 낸다
무기처럼 심양에 멈춘 눈은 지금
온 나무 물들이는 일에 속도를 내고 있고 있는 중이다

신촌 블루스

　말하자면
　파산했다 탕진가산할 아무것도 없다 누구에게 말도
못하고 빌어 주는 어머니 나를 측은히 바라보며 새벽의
눈물과 한숨을 삼키고도 보이지 않는 우리 아버지를 내
가 바라볼 때 목소리를 듣고 연희동이나 신촌 밤길을 걸
을 때 문득 소원은 욱신거리는 생인발처럼 아팠다 걸쭉
한 생을 새김질하고 소원과 포기를 뒤바꿔 생각했지만
집 가까운 순교 묘지와 묘비명들 멀고 아득한 이름들이
말해 주던 저곳은 지금 여기 단풍들 변형되어 살길을 뚫
고 있었다 말 못할 만큼 돌이킬 수 없는 날들이 사라졌
다 시간은 제각기 얼굴이었다 일상은 주머니 없는 바지
같았다 모자란 생각이 한평생을 가로막았으므로 부리
나케 또 다른 시간을 불살랐으나 입천장과 입짓에서 움
직이는 무덤 같은 의미들 말할 수도 보일 수도 없는 저
곳은 잃을 것 조금도 없는 지금과 같이 말하자면
　나는 파산했다

꽃을 그려 낸다

아이의 상처를 만져 보는 것은
내 마음을 들여다보는 일이다
세상에 없었던 질문을 가슴에 품고
아이가 펼치는 끝없는 바다를
찬찬히 바라보는 일은
내 세포의 씨앗을 들여다보는 일이다
찬란한 뿌리를 숨긴 씨앗의 침묵에 축어 주는 눈동자
부드러운 시선에 밀어 내는 소리도
가만히 지켜보는 나무들도
내 마음속에서 자란 아이와 가까이 마주 보는 일이다
오늘도 나는 내 안의 아이를 찾아가
말을 나누며 꽃을 그려 낸다
어둔 그림자 밟고
한 잎에 별을 걸어 두고
내 안의 아이는 무럭무럭 자란다

3

꽃물

날마다
나뭇잎을 덮으며
조아려 외던 노래는
옛 가슴팍에 환하게 타오르고
오랜 세월 숨 쉬어 간 이 길
오십 두께의 층을 꿰매며
기다린다

흰 꽃을,
수없이 보리수 같은 마음을 더듬거리며 잇달아
내가 두 팔을 벌린 건
죽어 가는 나무에 걸린 눈물 때문
한번 입 속에 녹아 든 새알은 자기 몸이 부스러져 죽
어 가는 것을 지켜보듯
싸리 가지 밑에 모아 둔 헤매임 변두리에서라도
숨은 희망 속에 뛰어드는 잠을 밝은 아침으로 옮긴다
아름다운 어머니 뒤에서 꽃물을 나른다

흰 꽃을 주워 들고

이제 애끓는 숨이 햇살 쏟아지는 하늘 창에서 뚫린다

처음 열던 하늘 창에서 더운 김이 오르고

눈부셔 은밀한 기쁨에 떨 때

나는 키 큰 나무를 어떻게 거슬러 올라가야 할지

간지러운 바람에 얼굴에 소름이 숭숭 맺힌다

그래도 나는 눈을 맞춘다

가슴에 싹터 나는 새순

드디어 천상 높이까지 끌어올리고

내 모습을 보여 주는 어머니와

골똘히 마음 맞추려고

참회의 살과 뼈를 뚫는 과즙을 마시면

한번 입 속에 녹아 든 새알은 자기 몸이 부스러져 죽
어 가는 것을 지켜보듯

정정한 눈물 못에 박아 죽이고

그 눈물 따라가면 곧고 힘찬 한 그루 나무가 서 있으
리라

부드러움의 시간

담장 한쪽 헐은 그늘진 덩굴손에서 검은 풍뎅이 한 마리가 소리 없이 날아가고, 그녀 눈은 가만히 하늘을 바라본다 그 하늘에서 구름이 만났다 헤어지고 바람이 불었다 그친다 긴 유랑에 만취된 남자가, 그해 겨울 그녀를 속였던 수천만의 눈 그녀가 앉은 자리의 막막함을 보호해 줄 껍데기마저 훔쳐 간 그를 추억의 바다에 풀어 주고, 그녀 눈을 적시는 부드러움은 밤마다 달맞이에 목 죄어 오는 가슴 사이로 꽃처럼 핀다

시간이 깊어지기를 참으며, 숨 길쭉하게 위로 올리는 그녀 깐깐한 자신의 가슴팍으로도 이곳 벼랑 끝에 흔들흔들 설칠 때마다, 그녀는 자신의 어쩔 수 없는 고통의 신랑 빛과 깍지 끼운다 슬픔이 지워진 그 담쟁이덩굴 자리에서, 저 아리아리한 몸 빛깔이 향기 나는 곳까지 바라본다 그녀, 괴로움에 빠져 힘이 없다가 푸른 돌담에 올라가 앉는다 가슴을 녹이고 두꺼운 바람을 뜯어먹는 미소, 저절로 덩굴손 한 잎 그녀 몸속에서 피어난다 온 세상이 푸르게 산뜻하다

구름의 뿌리

하얀 구름더미가 나를 흔들어 댄다

구름을 잡으려고 하는데 가느다란 손목 사이로 산이 보인다

색 바랜 협곡이 걸친 두툼한 바람 옷자락에도 붉은 저녁이 폴짝거린다

한참 동안 구름은 협곡을 표절하듯 서로 살 속으로 말아 넣는다

나는 보고 있다

그렇지만 나는 어떻게 할 수가 없다

하늘 보면 낮과 밤이 나누어진 까닭을 알게 되고

땅을 보면 나처럼 사람들이 이곳저곳 만난,

정신의 끈들은 지금 여기 바다에 풀려 떠내려 간다

구름은 멍멍한 하늘에 장궤의자처럼 앉아 있다

구름이 원할 때마다 장궤의자가 사람의 목소리를 낸다

나는 보고 있다

하늘에서부터 고요한 구름더미를 본다

그러나 그 흰 목덜미의 피가 어디로 굽이쳐 흐르는지

내 어수선한 눈은 자꾸만 떨린다

53

내 곁에서 생긴 피가 가는 곳마다 잔뜩 모아진다
이제 구름더미가 바람 속 깊이 스며 떠날 것이다
나는 보고 싶다
바른 장궤의자에 앉아서 나는 보고 싶다
구름의 뿌리를

쫑쫑나무를 눌러 보세요

쫑쫑나무는 온 산에서 자라고 있었다
거친 톱니가 조금 난 잎은 눈 먼 바람을 부르고
뒤로 젖혀지지 않을 것 같은 하늘과 새를 부르고
심술쟁이 왕고들빼기와 밋밋한 참으아리를 부르고

지붕 위에 올라탄 박이 연한 미소를 녹이고 있었다
조심스럽게 알을 품고 있는 새가 울타리 밖에 앉아 있다
수풀 밑에 넓게 자라고 있는 시간이 깃털을 손 떨리게
주워 댄다

쫑쫑나무를 눌러 보세요

코로 맡고 눈으로 보고 귀 기울이는

붉은 가슴 울새 한 마리

깊은 그릇 물에서 물장구를 엄청나게 쳐 댑니다

공중

바람이 분다
사방 달려 있는 간판처럼 슬쩍 흔드는 공중
삼삼오오 바람이 짝지어 즐겁게 간다
떼어 내도 엉켜 붙는 구름 덩어리에 비벼
허름한 손바닥처럼 주름에 파고든다
입 열지 않고 눈동자를 쫓아 지나간다
어쩌면 내게 말 걸고 싶은 건지 모른다
공중에 말 걸고 싶은 말로 가득하다
사람이 획, 지나간다
그는 고요히 눈감는 얼굴로 하늘 향한다
큰 나무 위에 가느다란 빛줄기
스르륵, 땅에 닿는다
돌아서는 그림자 걸음에
어딘지 모르게 생기 있다
자갈에도 꽃잎에도 비탈길에도 희망이 두툼하다
아마 졸음의 눈두덩이 속을 파내지 못하는 사람들은 모
를 것이다
사람 품에 흠뻑 적시는 말들

하얗게 씻겨져 멀리 지나가고 있다
다시 또 이곳 머물기까지 나는 끝까지 기다리리라

방울토마토

이제 내가 해야 할 것은
불꽃을 얹은 나무에서 내 이름 부를 날을 기다리는 일
이지요
불안에 흔들리지 않고
하루하루 하던 일 묵묵히 하며
쓸쓸해도 어제의 내가 시 쓰다 엎드려 잠들
즐거운 나만의 놀이에 맛들이고
해 뜨면 옥탑방에서 바라보는
방울토마토처럼 기쁨 슬픔 섞인 줄기도 만져 보며
별안간 거미줄에 오른손 칭칭 감겨도 놀라지 않아요
내 가슴 절반은 이미 물 위에 솟은 흰 연꽃
하소연 없는 연꽃, 풍랑의 조각배 같아
한없이 아주 작은 소용돌이 같아
내 마음 한구석도 참담하고 볼품없어요
그러나 상관하지 않아요
나의 시는 바로 그 만신창이 속 들판이니까
정말 내 삶을 관통한 말
그 고통과 절망의 처절한 상처 무시할수록

절벽에 부딪혀 무릎 꿇지만
사랑해, 나머지 가슴으로 시 쓰는 시간들을
결코 포기하지 않고 살아 왔던 잿빛 날들을
너무 너무 어린 한숨의 발악, 그 눈망울을
어떻게 도로 내 노래로
만들어 놓나!

춤을 못 추는 그녀

어쩌다 못 출 것 같은 춤을 추게 되었으면
사람 속에 깊숙이 들어가야 할 텐데
이렇게 한없이 나의 노출을 꺼리게 되다니!
춤을 못 추는 그녀는 영락없이 춤꾼이 될 몫이다
먼 곳 분명하게 달 뜨는 시간에
언젠가 반짝반짝 구슬 달린 엷은 옷 입고
하늘 높은 곳에서의 달을 쫓아갈 테지

모두가 잠든 자정 시간이지만
별은 하나하나 상상할 수 없는 곳에서
그러니까 그녀 앞에 춤을 가르쳐 주고 싶어 한다
춤을 못 추는 그녀는 눈물이 적었고
아직 투명하지 않은 몸이었으니

가장 높은 하늘에서 그녀의 두 팔은 닿지 않고
그 자리의 자주색 별빛이 그녀에게 털어놓는
장작불 사랑을
얼마나 잔뜩 마시게 하는지 알아차리며

한 밤 별이 춤을 춘다
하루 한 번씩 그녀 곁에서
별의 단호한 얼굴을 훑으며
생전 춤 못 추는 그녀도 춤춘다

아침 눈

바람 재우는 골목인 듯싶은 풍경 하나에게로 몇몇 아무
개 사람들이 뛰어가는 것을 보고 있으면 마치 흰 길만 한
맑은 눈웃음들을 어깨에 메고……부적대기 시작한 만수
시장 안의 신선한 목청이 학교 안의 도서관 유리창을 냅다
두드리고 그때에 꼬불거리는 긴 머리카락을 손가락으로
칭칭 감아 우악스럽게 끌어당기는 푸른 맘 진한 그리움 하
늘의 생살이라도 내어줄 듯이 눈발 붐비는 아침 절묘한 창
가 외로이 서서 저기 가난한 상인들의 지붕과 얼굴을 데워
주고 씨름씨름 떨리는 손끝마다 연신 콧김이 올라오는 저
너머까지 촘촘히 잔가지 끝에 버팅겨서 어린 마음 가득히
내어놓는 만수시장의 아침 눈 계속 쌓인다

작전동 홈플러스 마트 앞에서

홀랑 벗은 잔가지에 참음과 당당함과 같은 브로치 단
나무들이 작전동 홈플러스 마트 길 옆에 서 있다
몸을 떨며
입 앙다문 표정은
유리 조명등과 상품과 찬바람과 홈플러스 마트와
저쪽 건너편에서 달려오는 마을버스를 기다리며
바라보는 마음과
잔가지들의 겨드랑이에 끼운
참음
눈물겨운 기다림 같은
꿈을 키우고 있는
뭇사람들의 가슴 땀과 초롱초롱 하는 것은
홈플러스 마트 겨울 저녁 길목에서
얼굴이 꽤 후끈거리는
잔가지의 참음과 당당함
찰랑찰랑 넘치는 꿈 자락이 펄럭이고 있다

사막

보아도 보이지 않아요
들어도 들리지 않아요
밟아도 밟히지 않아요
지독히 힘이 센 바람은 몽땅 욕망을 쓸어 버렸어요
그 안에 혼자 남겨진 나는
곳곳을 헤매며 찾아다녔지만
당신은 영 만나지 못했어요

나는 어디에 있는 건가요

그래도 정신 바짝 차리고 저녁 때
바른 가슴 하나로 채워지는 울음 바라보며
언젠가 어느 것 하나라도
내게 자유로이 보여 줄 것 같은 당신의 정원을 생각했
어요
그런 맘으로 슬픔을 지우고
단단한 생명 속에 박히는
내 속의

한 무더기 모래알들 따라

기도하는 동안 사막도 함께 무언가 키워 올렸어요
푸시시 웃는 사막, 늘
곁에 있을게, 하고
잽싸게 아픈 나를 끌어안았어요
사막은 그렇게 기꺼이 난간 끝에
쭈그리고 있는 나를 만났어요

해를 본다

　하루하루 나는 높은 해를 고요히 싸우는 나무에 걸어 두고 본다

　고운 마음으로 나는 그 눈부신 해에게 내 꿈과 내가 사랑하는 사람을 말한다

　가까운 하늘이 내 나무를 알아보고 내가 어떤 사람인지 말해 주길 기다리고 있다

　슬픔으로 우거진 내 마음을 나뭇잎 긴 머릿수건에 감추고 항상 사랑스럽게 해가 뜨면

　나는 살찐 바람소리로 나무를 에워싸길 바라고 있다

　사랑을 고백하는 내 나무에 아직 아무런 향기도 없지만

　언젠가 자신의 피내음에 잔잔히 물결로 구겨지는 몸뚱아리

　형광등이 뚝뚝 부러져 한밤의 어둠 깔고 앉으면

　나는 내 나무가 가지가지에 쥐엄 해를 달아 놓는 것을 본다

　하늘이 땀 흘리면 그 나무는 더 땀 흘리며 온 열매로 가득 채운다

희흡

홀랑 벗은 나무, 어린 눈 돋는다 통통 움이 붉거진다 동글동글 초록의 길 연다

바람 순하다 햇살 맑다 새물새물, 잔가지 위로 몰려 온 새, 흔쾌한 마음 되어 나 혼자 피시시 웃는다

아뿔싸, 희흡에 모든 생명들의 꿈이 들어 있었다니!

어떤 자리

　지금은 동트기 전이다
　끝이 보이지 않는 땅 불모를 가로지르길 꿈꾸는
　내게 '절망과 고독은 다르다' 라고 낯선 정적이 말한
다
　그것은 바람이 해안을 가르고 좌우 벽을 넘나드는 찰
나,
　허망기로 배고픔이 선명했던 내 핏줄에서 희망이 먼
저 돈다
　아아 숨결로 훨씬 빛나는 콧김 바람 속에서
　깊은 불기둥에 휘감긴 가슴이 빠져나와
　어지러운 헛것, 오래전의 저것들을 부숴 버리고
　어딘가에 남은 불빛 품듯
　내 안에서는 그 낯선 정적 하나 사랑하게 되었다
　여전히 침침하고 습한 산 위에 오르는 그가 그립다,
싶으면
　내 열 손가락은 얇디얇은 구름을 한 켠에 쌓아 올린다
　메마른 정신 같은 믿음 끝을 헤치며
　내 삶으로 닿을 수 없는 세계를 생각한다

누군가 놓고 간 후광처럼
공기 속에서 빛을 내뿜는 어떤 자리를,
무거움과 가벼움 사이 산으로 올라가는 마음이
지친 날로부터 제 아이 안듯
나무가 불붙어 버리는 그 속에서
내 봉두난발한 날개 같은 것이 타오른다

한 잎

내가 떨어진다
한낮 골목으로 잎이 눕는다
부드러운 햇살에 얼굴 못 올리는
이마에도 잎이 쌓인다
잔잔한 바람 따라 골목이 지워진다
잎이 덩달아 흔들린다
저 모습인가
모든 것들을 비우고 챙기고 놓으며
이곳에서 저곳으로 물드는 잎 하나하나에
내가 없어지는 것
걸어온 길이 쌓이는 것
고스란히 바람 불어오는 대로
나는 무언가 한 잎의 모습을 새긴다

4

물의 노래

사람들이 물을 보고 있을 때
나는 햇빛과 마악 마주치는 물굽이였다
내 방 안에서
매정한 물살을 모조리 거두어 가 버리는
찢긴 시간들과 함께

처음으로 오른손이
급류의 그늘을 지우던 물밑 가슴에
섬세한 살이 돋아나고
착한 유성에게 들려주며
마냥 아이 같았던 나의 물굽이는

내 상형문자 위에 무릅쓰고 가려는
한 물 속의 길도
바라보는 창 가까이 더 바라보는 일이니
천진난만한 질문에
그때마다 한 송이 꽃 피우는
은잎이 된다

눈두덩 퍼 올리는 세계를 가지려면
육체를 녹이는 일이라고
그것이 언제 안개흙 되어도
밝은 이마의 꽃들이 좋아 달리는 네 얼굴
그래서 종이등을 켠다

차츰 보이기 시작한 물길은
내 마음속 내 눈 속에서 강이 되고 만다
출렁거리며
계곡 아래 물소리 기다리지 않아도
부드러운 미소로 강은 깊게 흘러야 된다고 말한다
이젠 나도 조각조각 붙이는 심연,
물론 지금은 보잘것없는 불기운,
나의 푸른 물 이루어 빛으로 가득할 때
나는 물무늬 사이에서 해를 들어올리리

내가 본 산

산을 바라보는 내 속에 산이 하나 있다
넋 놓은 사람처럼 말갛게 두 눈을 풀고
저 갈라진 어두운 골짜기 사이
나를 부르는 모든 것이 반딧불이처럼 몰린다
그것 때문에 나는 술렁거린다
지워지지 않는 기억 속으로 지금도 내게
누군가 깊은 연민의 바닥에 와 있다며 문 앞에 머리를
댄다
빛나는 눈길을 뿌리면서
복잡한 허연 침을 씹으면서
한없이 내 시선이 머무는 곳에 갈대의 빈 몸 마냥 흔
들린다
그러다가 구름이 구름을 만나는 하늘의 끝없음 휘어
보며
높고 낮음의 바람이 지나간 산속에 부드럽고 고요한
힘을 그린다, 꿈을
그 꿈 핏줄에 붙어 있는 푸른 살점들
이제는 무언가 뜻있는 말이 되어

그동안 잘 어울리지 못한 가슴에 바람도 몇 개씩 날려
보낸다
그때마다 봉인된 내 먼 옛날의 울림, 어두운 별은 환
하게 파헤치고
마침내 하늘이 어깨를 치며 웃으며 산 밑으로 내려간다

길을 내다

비가 그쳤다
구름장 뚫려 보인 하늘 그 어딘가
신발을 벗고 누워 있다

입 큰 바람이 홑옷 걸치며 획 획 획
풀대와 잡초와 어울리는 작은 꽃봉오리들을 추켜세우
려나
흙 속에서 꿈과 의식이 서로 안으며
서늘한 몸 환하게 배어든다

밤새도록 창문 하나가 푸른 줄기 흔들어 대듯
그것을 몰랐던 것을
그 사이 시간들
숱하게
비 창살 만든 구름을 끌어 앉히려는 것은
누구를 믿고서야 알 수 있는 것들인가

언제나 햇볕이 삶의 즐거운 표정처럼

내 마음에 꼭 껴입는 빛줄기
그래서 다시 막무가내로 비비는
비 창살만큼

누군가가
도랑을 일구어 낸 흙탕물과 함께
눈앞의 꽃말들 모두 소리 내어
수풀 지나 산 계곡까지 붕붕거려 번지게 하고
온갖 벌레들은 알을 품고 알은 꿈틀거리며 깨어나는
것을
창가에서 나는 온종일 보고 있다

호숫가로 나갔다

다시 호숫가로 나갔다
물살이 말했다
바람은 그 이야기하는 속심을 들었다
목마른 입술을 대고 있는 나무에서
잎이 무성해진 줄기 보고 새가 놀라며 둥지를 틀었다
매일 물살이 말하기 시작하니
가슴에 눈이 쌓이고 다정히 사는 나무가 되었다
단물이 내 손으로 들어왔다
가만 보니 너는 내 젖가슴 속에 자란 잎사귀였다
나로부터 뻗친
지난날에 음울했던 이끼처럼
너의 가느다란 나뭇가지에 오르지 못한 나였음에도
지금은 내 나무이며 나와 말하는 나무를 이제 껴안으니
빛이 너무 따사로워 눈을 떴다
꽃이란 꽃들도 말이 없다
먼 강에서 돌아보는 유리창
창문 곁에 바싹 서 있는 나무를 본다

더 푸른 빛

그냥 불을 켜지 않아도
푸르른 빛을 잘 씻어 낸
별을 참 오래 볼 수 있어
그리고 이곳저곳 아득한 길에서도
여명 너머 더 푸른 빛이 너를 보려고 나왔어
그리하여 새도 나무도 까맣게 눕는 자리에
파르스름하게 드러나는 사람들의 집과 동네 어귀에서
너무나 가슴 벅차게 마시는 산 공기……

알고 있었니, 네가 깨끗하게 보이면 내가 미치는 것을
자나 깨나 견딜 수 없어
그러니 창을 열고 너하고 나하고 외진 사랑 노래 부르
자꾸나

작은 나무가 기억하는 노래

쉽게 기억나지 않은 것이
영영 잊혀질까 봐
나는

시간의 그림자보다도 더 깊게 엎드려야 한다
이제라도 말할 수 있는 것은
허기진 가슴뿐이며
눈물범벅이 된 것도
등에 업힌 얼룩뿐일 거라며
곤두박질치는 여린 맨발에만 굳은살 배길 수 있는
동네를 서성대는 동안

제일 작은 나무들이 자라난다, 무수하게 달려 있는
내 마음들이 울었다 그친다
울음 그친 목젖이 다시
소리 내는 울음 위로 그늘져 내린다
비틀거리지 않으려고
천천히, 느릿느릿, 더 깊은 두레가 있는 곳에서

미처 앉아 있는 줄도 모르고

옛날의 그 우물 속에 반 곱슬머리 아이가 있는 줄도
모르고

계단을 오르며

저 고요하게 흔들리는 그림자에게도
생生의 아픔은 있을 거야
혈색 없는 달빛 속으로
막 뛰어오르는 고양이에게도
생生의 무게는 있을 거야
질퍽한 사연 속에서 가시를 들춰 내는 것은
온몸으로 그 아픔과 무게를 헤아린다는 말이겠지

몇 해 긴 어둠의 나날들이
흔들리는 그림자 되는 것 아니었을까

밤바람에 따라오는 가느다란 가지 끝에도
따뜻한 정情이 남아 있을 거야
목숨의 끄나풀 한 겹이 그대로 있을 거야
나는 낡은 계단이 되어 그림자의 수화를 쳐다본다

여울물

누웠다가 다시 일어나
생각난 듯이 불을 켜고 앉았습니다

그날 오고 가는 말이 서로 뒤엉켜 찢겨지던 일,
길 잃은 화살이 책상 위에 꽂히던 말들,
녹슬지 않은 몸이 되어지고 싶어
두 손으로 세상마저 내려놓은 밤에도
마음은 왜 하염없이 앉아 울기만 했는지를……

아마도 검붉은 강
멈추지 않는 뒷모습 때문일 거라고
그저 하루만큼 쌓이는 것들이
아·프·다 하기 때문일 거라고
그러나 내 안에서는 그 말을 못합니다
그가 나보다 더 많이 아플 테니까요

밤새 매달린 눈물겨움보다
내 몸이 먼저 떨어지기 위해

이리도 앓을 속마음이 외로운 것임을
나는 한 차례의 바람이 불 때
한 마디 소리도 없던 길 위에서 알았습니다

어쩌면 길 끝간 데 넘어서려는 저녁 어스름이
승방의 수행자를 너무 많이 닮아서 생각해 봅니다
바람 부릴 힘 하나 없던 사방이
고요한 그늘에 닿자마자
싸하니 눈물자락 잡아당기는 그 가슴 속을
밟아 주기까지는 참 오래 걸렸답니다
한낮

저 간절한 그늘이 여울물처럼 흘러와

뿌리를 내리는 꽃그늘

때때로 잎새들이 몇 줌 움켜쥐고 내려가는
저 길 밖의 고요, 언젠가 우리가 돌아가야 할 어둠처럼
고요는 휘어진 말들의 흔적을 씻고 기다린다
정말 기다리면 기다림이 올까
고요의 눈짓을 통해 맨 처음의 기억을 더듬는다
그 시작에서 키운 우물 밖의 하늘을 기억한다
애처로운 초록의 잎새마저 왠지 지쳐 보일 때
작은 나무의 줄기들 가만히 이마에 맞대면
어느새 빛깔이 고우며 존재의 경계선을 뭉쳐서 빛이 된
이승의 힘으로 손발이 접힌 마음을 밀어 낸다
나, 한때는 바람이 구름의 뒷덜미를 잡아 비가 된 줄
알았다
그러나 오랜 옛날 그리움으로 스스로를 젖어
바람이며 구름이며 천둥도 그렁그렁 어울린다는 것을
젖다가 그렇게 잡풀의 몸 몇 개를 버려 놓기도 한다는
것을
기억한다, 모든 일어남이 무수한 변화를 예고하듯
길 밖에서 머물게 하는 모든 이름들의 저 소리는

바람도 불지 않는데 나뭇잎들은 일제히 눈을 뜨고 있다
그곳에서 글썽한 눈빛을 감추지 않아도
나의 확신을 위하여 확신의 꽃그늘에서 내리는 뿌리

그러니까, 이냐시오 로욜라 숲은

이냐시오 로욜라* 동상이 있는 그곳에서는
어둑해지면, 숲이 손등 비벼대는 소리 들리네
숲은 무언지 모르는 것을 배우고 있네 길 따라 가면
나무들이 서로 부둥켜안고 옹알거리는 입을 볼 수 있네
엎드려야만 보이는 풀꽃도 흥얼거리며 말을 하네
나무 잎 안 가는 빗금 사이로 구름 살점들 떨어지고
푸른 하늘 한 조각 사각사각거리네
손을 뒷짐지으며 한 걸음씩 옮겨 놓는 솔방울 영혼,
무언가
말을 하네 컴컴한 흙 속의 잔뿌리도 껴안으며
땅굴 속으로 고개 젖히는, 어스름한 저녁
아카시아 나무들이 귓불을 만지고
치마나무 바람 소리에도 무어라 대답을 하네 한 포기
아주 작은 풀꽃 하나에도 오래된 질문이 남아 있네
로욜라 동상이 있는 그곳은
높아만 보이는 하늘도 작은 나무 키만큼 어깨를 낮추
고 있네
그러니까, 이냐시오 로욜라 숲은 무언지 모르는 것을

끊임없이 배우고 있네

*예수회의 창설자.

이곳에서 오래 내려다보지는 않으리라

꼭대기 낡은 방에서는 자주
구름이 기다렸다가 재빨리 달려가는 것을 보게 된다
별 가까운 곳에 가냐고 물어보면
말없이 붉은 풀꽃 흙을 후벼 댈 뿐
그리고 빈방에 기다리고 있는
늙은 햇살이 가려고 하지 않아도

이곳에서는 바람 부는 가슴
바람 부는 가슴 한 줌의
종탑 향한 몸부림
소리 내지 않으려고
가만히 내려다보는 내 별 위에 숙이고

그래
이곳에서 오래 내려다보지는 않으리라
어떤 날을 참으며
벌써 수십 년이나 색 바랜 무늬 덮어 주는
이 굵은 손마디들이

굴뚝 환풍기에서 붉은 풀꽃 키워 대는 소리를
얌전히 귀 기울이며 있으리

지금 꼭대기에서 올려다보는 하늘이
열린 창문을 몇 번 다독거리며 간다
내게 말도 않고
얼굴을 아는 듯이
별들이 모여 있는 길은
서리 맺힌 세상의 개울 속으로 걸어간다
꼭대기 낡은 방이 어두워지도록……

나를 찾아 떠나는 '외진 사랑 노래'

이창기(시인, 문학평론가)

1986년에 발간된 도종환의 시집『접시꽃 당신』은 1980
년대라는 사회적 격변의 시대에 저마다 목소리를 높이던
'보통사람'들의 허를 찔렀다. 암으로 투병 중인 젊은 부
인의 죽음을 곁에서 온몸으로 느끼고 겪어야 했던 한 남
자의 진심어린 후회와 간절한 소망으로 절절한 순애보가
거칠 것이 없었던 거대 이념과 투쟁의 시대에 너나없이
나약한 인간이라는 색 바랜 증명사진을 꺼내 보여 준 것
이다. 많은 이들이 그의 망부가亡婦歌에 함께 울었다. 그
리고 그로부터 거의 30년이 지난 2014년 겨울, 그때의 충
격과 울림에 버금갈 이희옥의 새로운 시집『그러니까, 이
냐시오 로욜라 숲은』의 출간을 알린다.

이 두 시집이 지닌 공통점은 소박하고 평범한 한 가정
에 우연히 닥친 비극이 우리가 방심하고 있었던 익숙하고
오래 된 삶의 가치들을 되돌아보게 만들었다는 점이다.

다만 그 우연이 도종환에게는 살아갈 날들에 대한 꿈에 부풀어 있었을 30대 초반의 나이에 갑자기 맞닥뜨린 '아내의 죽음'이었다면, 이희옥에게는 단란한 가정을 지키며 남편의 건강과 아이들의 교육에 힘써야 할 40대 주부에게 느닷없이 다가온 '파산' 그리고 '이별'이었다.

말하자면

파산했다 탕진가산할 아무것도 없다 누구에게 말도 못하고 빌어 주는 어머니 나를 측은히 바라보며 새벽의 눈물과 한숨을 삼키고도 보이지 않는 우리 아버지를 내가 바라볼 때 목소리를 듣고 연희동이나 신촌 밤길을 걸을 때 (중략) 말 못할 만큼 돌이킬 수 없는 날들이 사라졌다 시간은 제각기 얼굴이었다 일상은 주머니 없는 바지 같았다 모자란 생각이 한평생을 가로막았으므로 부리나케 또 다른 시간을 불살랐으나 입천장과 입짓에서 움직이는 무덤 같은 의미들 말할 수도 보일 수도 없는 저곳은 잃을 것 조금도 없는 지금과 같이 말하자면

나는 파산했다

─「신촌 블루스」부분

그 슬픔의 깊이를 어찌 헤아리랴. 도종환은 "길을 걸어가다 갑자기 담벼락이 무너지는 바람에 그걸 손으로 떠받치고서 어떻게 해야 할지 모르는 상황"이었다고 술회하고, 이희옥은 차라리 "아득한 갯벌도 없고 까맣게 꼬인 전

깃줄도 없고 슬픔도 스며들지 않는 땅"(「마음 공부는 어떻게」)을 걷고 싶다고 토로한다.

그러나 이희옥의 시가 도종환 시와 다른 점은 아내의 병사가 개인적이고 운명적이고 우연적인 사건이었다면, 가정의 붕괴는 사회적이고 경제적이며 인과적인 사건이라는 데에 있다. 다시 말하면 도종환의『접시꽃 당신』이 우리 사회의 화두가 온통 '산업화'와 '민주화'라는 경제 성장과 사회 변혁에 쏠려 있을 때 우리가 간과한 상대적 가치를 드러냈다면, 이희옥의『그러니까, 이냐시오 로욜라 숲은』은 그 성장과 변혁의 단꿈에 취해 미처 챙기지 못했던 '세계화'라는 강력하고 치열한 새로운 경쟁 체제의 쓴맛을 보게 한 이른바 'IMF 체제'와 '세계 금융 위기'로 상징되는 경제적 위기에서 비롯된 결과물이었다.

이 같은 문학·사회학적 배경에서 도종환과 이희옥의 슬픔에 대처하는 자세는 달라진다. 도종환이 그 운명적 이별에 대해 화해, 용서, 참회라는 눈물 젖은 손수건을 꺼낸 반면 이희옥은 파산과 가정의 붕괴를 안겨 준 세상에 대해 감추었던 거친 분노의 뿔을 드러낸다. 그녀는 자신을 이렇게 만든 세상에 가담한 적이 없으며, 경제적 파산의 실질적 주체도 아니었다. 그녀의 신분은 주부主婦였다.(이 한자어가 '주인의 부인'을 가리키는 뜻임을 상기하자.) 이때 그녀의 뿔은 누군가를 겨냥해 돌진한다.

산양 두 마리가 뿔 박치기를 하며 싸우고 있다

바위 절벽에서 여명 밝을 때까지

후회는 지나갔다

햇볕이 잘 들고 찬바람을 피할 수 있어도

잡풀이 우거진 땅

그 뿔이 피에 젖을 때

진실은 불편하다

거짓은 흥분시킨다

사람아, 세상이 재밌다고 말하지 마라

그때 철렁한 것은 마음이니

이게 어려운 법

잊지 마라

말도 꺼내지 마라

가슴도 때리지 마라

상처가 크면 착각에 빠진다

—「산양 두 마리」 부분

그녀는 세상을 향해 "세상이 재밌다고 말하지 마라"고 절규하듯 외친다. 그러나 온건한 그녀의 자아는 곧 그 적들 속에 자신이 포함되어 있다는 '불편한 진실'에 마음이 철렁하고 누군가에 대한 자신의 분노가 큰 상처를 입은 자의 '착각'이라고 생각한다. 그 자성의 시간은 길고, 적막하다.

누웠다가 다시 일어나
생각난 듯이 불을 켜고 앉았습니다

그날 오고가는 말이 서로 뒤엉켜 찢겨지던 일,
길 잃은 화살이 책상 위에 꽂히던 말들,

－「여울물」 부분

그 싸움의 끝에서 주고받은 "서로 뒤엉켜 찢겨지던" "길
잃은 화살 같은" 책망과 분노를 담은 말들이 얼마나 허망한
지를 돌아보게 만든 그 시간은 "너의 가느다란 나뭇가지에
오르지 못한" 것이 "나로부터 뻗친/ 지난날에 음울했던 이
끼"(「호숫가로 나갔다」)였으므로, "눈물범벅이 된" 채 "시간
의 그림자보다도 더 깊게 엎드려야 한다"(「작은 나무가 기억
하는 노래」)는 반성과 뉘우침의 세계로 이끈다. 착한 그녀는
그 말들의 그늘에서 벗어나 본래의 자기 자신을 찾기 위해
정좌한다. 왜 그랬을까? 문득 그녀는 "마음의 공부"가 필요
하다고 생각한다.

눅눅한 여름이고요 빗물에 두 발 흠뻑 젖은 그리움 벗겨지고요
어휴 빈 가슴에 빗자국 생기고요 여기가 어디쯤인지 돌계단 끝까
지 내려온 여름날에 방향을 잃었습니다 내가 가야 하는 길은 어딘
가요 아득한 갯벌도 없고 까맣게 꼬인 전깃줄도 없고 알 수 없는
슬픔도 스며들지 않는 땅 나 그 길로 걷고 싶습니다 여름이고요

구름을 덮치다가 코피 흘리고 싶은 7월이고요 천둥번개에 오십 견 왔고요

――「마음의 공부는 어떻게」 부분

이 방법은 그다지 효과적이지 않았던 모양이다. 오히려 그녀는 "빈 가슴에 빗자국 생기고", "여름날에 방향을 잃"고 "천둥번개에 오십견"까지 왔다는 사실에 다시 한 번 절망한다. 이때 "어휴"라는 탄식의 말은 그녀가 지내온 시간들이 얼마나 절망적인 시간들이었는지를 절묘하게 함축한다.

대신 그녀는 그 "마음의 공부"라는 것이 "어쩌면 내게 말 걸고 싶은 건지 모른다"는 깨달음에서 생각의 실마리를 찾는다. 그러고 보니 "공중에 말 걸고 싶은 말로 가득하다"(「공중」). 그녀는 "서로 뒤엉켜 찢겨지던" 일상의 말을 버리고 '공중에 걸린' 다른 방식의 말을 자기 자신에게 건네고 싶다고 생각한다. 이미 벌어진 고통스런 사실이 아닌, 서로에게 상처를 덧내는 메마른 말이 아닌, 더 멀찍이 떨어져, 다른 높이에서, 다른 언어로 자신에게 말 걸고 싶었던 것이다. 이것이 그녀가 찾아낸 치유의 형식이었다. 우리는 이 형식을 다른 말로 '시'라로 부른다.

이제 내가 해야 할 것은
불꽃을 얹은 나무에서 내 이름 부를 날을 기다리는 일이지요

불안에 흔들리지 않고

하루하루 하던 일 묵묵히 하며

쓸쓸해도 어제의 내가 시 쓰다 엎드려 잠들

즐거운 나만의 놀이에 맛들이고

해 뜨면 옥탑방에서 바라보는

방울토마토처럼 기쁨 슬픔 섞인 줄기도 만져 보며

별안간 거미줄이 오른손을 칭칭 감아도 놀라지 않아요

내 가슴 절반은 이미 물 위에 솟은 흰 연꽃

하소연 없는 연꽃, 풍랑의 조각배 같아

한없이 아주 작은 소용돌이 같아

　　　　　　　　　　　　　　　－「방울토마토」 부분

한밤 별이 춤을 춘다

하루 한 번씩 그녀 곁에서

별의 단호한 얼굴을 훑으며

생전 춤 못 추는 그녀도 춤춘다

　　　　　　　　　　　　　　　－「춤을 못 추는 그녀」 부분

책장을 펼치면 숨결에 와삭거리는 아득한 풀밭 속에 들어가

나는 보지 않은 길

내 손발자국으로 새로워지는 길

다른 사람을 위해 풀잎들을 꼭꼭 다지며 걷다가

글자가 밤길 속을 날아다니는 날엔 나는 숨찬 맥박을 무지개로

바꾸기도 합니다.

—「해 질 때」부분

그녀를 다시 추스르게 해준 것은 시였다. 시는 "생전 춤
못 추는 그녀"를 춤추게 하고, 그녀를 타인의 생각 곧 책
의 세계로 이끈다. 이 일련의 행위는 분노와 미움, 죄의
식, 뉘우침의 감정들을 자기 성장의 계기로 바꾸어 놓는
기제로 작용한다. 그녀의 사유 방식은 불행을 내면화한다
는 점에서 헤세적이다. 이를 테면 싱클레어 같은, 혹은 싯
다르타 같은.

그녀는 비로소 "눈물 가득 실어오는 엄마의 나팔꽃 까
만 씨"(「저 잠자리 떼」)도 잊고 "아름다운 어머니 뒤에서
꽃물을 나"르지 않는다. "어머니와 골똘히 마음 맞추려
고"(「꽃물」) 애쓰지도 않는다. "휘파람 부는 아버지"(「일어
서는 바람」)의 "곡조를 들으며 동네 어귀를 걷던/ 그 높은
언덕으로"(「내가 뒤뜰을 가질 때」) 오른다. 그리고 그 언덕
위에 자기만의 집을 짓는다. 그 집은 깊고 푸르다. 아니
다. 아름답다.

그녀는 꿈들이 생겨나는 아늑한 덩어리 속에 집을 짓는다
가장 먼저 천천히 눈여겨보았던 단단한 머릿돌 세워 놓고
바람에 흔들리지 않는 흰 벽의 바른 창을 조각한다

각각 칸 살마다 칸타빌레로 젖은 나뭇가지들 한데 모으고
  안채로부터 바깥채에 이르기까지 지극히, 맑은 채색
  나지막한 빛으로 칸칸이 달라지고 한길엔 마음 푹 놓고 속삭
인다
  아주 작은 외방에 창 구멍을 뚫고도 화살 같은 그 곧은 빛 멈추
지 않아
  무안스럽게 바라볼 때 빛살은 창의 전망 따라 넓혀 가고
  등줄의 땀이 떨어지면 그녀는 저 심원하고 소박한 지붕을 올
려다본다
  간혹 진눈깨비 올 때마다 깊은 바닥, 피가 흘러 만나는 바람 뿌
리를 생각하며
  죽어서 얻어야 길 거듭 생명에로 가는 길뿐이라고
  날마다 그런 길 되어야 하는 줄 알고 새벽별 쓰러지지 않도록
  차곡차곡 올려놓는 기왓장, 그렇게 차츰 모습을 드러내는 그 집
  그녀는 곧 탄생되는 그 집을 기다리며 조금 더 앞으로 고개를
숙인다
  이제 사람과 사람 사이의 가슴마다 달아 줄 기쁨 소리를 마련
해 놓는다
  하늘 땅의 풍경소리 바람이 부는 곳에서 정다운 소리 마시고
  바른 창이 서로 뒤엉키어 마음에 닿는,
  성냥불 그을 때마다 다시 빛나라고 풀숲에 넣어 둔 새벽 이슬,
  어둑한 집 뜰 앞을 지나 그녀는 걸어 나간다
  은잿빛의 호젓한 새벽 속을

싱싱한 음향을 쥐고, 고요한 어조가 언제나 수의인 것처럼
끝없는 소리소리 눈 뜨는 소리를 그 집에 옮겨
차분하고 친밀해진 그녀 그 마음속으로 부드럽고 연한 빛이
고인다

–「그 집」전문

당연히 그 집에는 "그 사람"이 살지 않는다. "긴 유랑에
만취"(「부드러운 시간」) 되어 "걷어차고 떠난"(「상처 속에서
기다리는 이」), 끝내 "이별이라는 애칭"(「여기서 바라보는
달빛」)을 쓰게 만든 그는 없다.

그 사람을 쳐다봤어요
실은 어제도 오늘도 불 끈 골방에서
내 얼굴만 더듬더듬 만졌거든요

–「7월, 무거운 돌」부분

그 집은 언덕 위에 있으므로 그녀는 먼 곳으로 눈을 돌
린다. 먼 곳은 길 위에 있다. (그녀의 대부분이 시 속에는
'길'의 이미지가 있다!) 그녀는 하늘에 구름이 지나가고 나
무가 바람에 흔들리는 모습을 보며 생명의 숨결을 느낀
다. 그것들은 이상하고 불가사의하지만 그녀를 간섭하지
않는다. 그녀는 관찰하지 않는다. 그녀는 자연이 보여 주
는 독특한 모양과 변화가 건네는 심오한 언어에 몰두한

다. 그 순간이 그녀에게는 어떤 인간 정신이나 행위보다 더
다정하고 매혹적이다.

> 무당벌레 한 마리가 나에게로 왔어
> 환한 햇빛이 새로 생겨난 자리
>
> —「무당벌레」 부분

> 해 질 녘 걷는 그림자는 어김없이 낯익은 길을 찾아간다
>
> —「오름공원」 부분

> 나무 아래로
> 토끼풀을 본다
> 길을 내고
> 바람이 낳은 풀
>
> —「토끼풀」 부분

> 도토리 깍정이를 도톨도톨 솟아나게 하는
> 쌀 같은 꿈
>
> —「도토리」 부분

> 물 없는 땅 위에서
> 내 고유한 우물을 만드는 것은 길
>
> —「둥근 몸부림」 부분

그렇다. 그녀는 순례를 하는 것이다.

간다, 지나간다, 순교 터의 곳곳마다
꽃 보라가 일어서며 진하게 눈짓을 하고 있다
몸 밖으로 넘치는 눈물보다 빛나는
파랗게 힘줄 돋은 열절
자기 가슴으로 흘러가는 생명의 강줄기

지금 마음 아픈 낮에도
노을을 파고드는 고가도로에도
불 켜진 빈방에도
그 풍만한 음률의 충혈된 무덤가에도
열심히 살도록 구름이 놓아주는 다리
기도같이, 보라, 들어라, 찾아라, 기도같이

　　　　　　　　　　　　－「순례자」 부분

순례자인 그녀의 마음을 사로잡는 설교자는 나무다. 한
예를 보자.

입 다문 나무는 깊은 허기로 출렁인다
한 여름 강한 초록과 색다른 바람 향을 맡으면
쉴 새 없이 나무의 온 생각들
나무가 숨을 집중하듯 그저 바라볼 때

제 속의 깃발을 세차게 흔든다

그래도 나무는 계속 바라보는 일만 한다

너그럽게 가슴을 활짝 연다

나무는 나날이 달라진다

오랫동안 허기진 마음을 알아주는 듯

나무 옆 가지들이 힘껏 햇빛 받쳐 주면서

서로의 마음을 이어 환히 펴 준다

이제 잘 지냈던 허기와 더 돈독해지겠지만, 그러리라 믿고

나무는 향기 없는 말이 새어나오지 못하게

자꾸 이리저리 진흙 자국을 살핀다

―「진흙 자국」 전문

이 시가 놀라운 것은 그녀가 더 이상 나무 안에 내재된 들 끓는 열정이나 생명력을 말하지 않는다는 것이다. 침묵이나 인내도 말하지 않는다. 대신 그녀는 나무가 "자꾸 이리저리 진흙 자국을 살핀다"고 말한다. 마치 그 나무가 바짓가랑이에 묻은 진흙을 털고 다시금 가던 길을 재촉할 듯이. 그러니까 보일 듯 보이지 않는 그의 뿌리는 오랜 동안 땅 속을 걸어온 것이다. 이것은 간단한 수사가 아니다. 사소한 듯이 보이는 이 행위는 진득한 고통을 온몸으로 견디며, 그 고통 속에서 산정에 올라 마침내 「내가 본 산」을 말할 수 있는 사람만이 내뱉을 수 있는 언어다.

비가 그쳤다
구름장 뚫려 보인 하늘 그 어딘가
신발을 벗고 누워 있다

―「길을 내다」 부분

사막은 그렇게 기꺼이 난간 끝에
쭈그리고 있는 나를 만났어요

―「사막」 부분

그녀는 구름 사이로 길을 내고, 마침내 "난간 끝에/ 쭈그리고 있는 나를 만"난 것이다. (구름은 방랑, 탐구, 욕구, 향수의 상징을 거느린다.) 산꼭대기에 올라선 자는 방향을 잃지 않는다. 이것이 내가 그녀를 파산과 이별로 그저 마음 둘 곳 없어 떠도는 방랑자가 아니라 깨달음을 얻은 경건한 순례자로 부른 까닭이다.

그녀의 목소리는 잔잔하지만 그녀가 들려주는 이야기는 유쾌하거나 달콤하지 않다. 그럼에도 불구하고 그녀가 앞으로 펼쳐 놓을 이야기에 흥미가 이는 것은 그녀의 이야기가 지금 여기에 있는 우리 모두의 이야기이고, 현실적이며 일회적인 살아 있는 인간의 이야기이기 때문이다. 게다가 그녀는 이미 자유를 얻지 않았는가. 어쩌면 그녀는 개인적인 슬픔에서 벗어나 다른 사람의 슬픔을 위해 뭔가를 해야 한다고 생각할지도 모른다. 「심양을 찾아서」는 이 시집에 실린 뛰어난 시편 중 하나이지만 또한 그녀가 앞으로 선택할 삶의 한 예고편처럼 여겨져 나는 소리 내어 한 번 더 읽는다.

나는 지금 대륙들이 채색된 지도 가운데를 걷고 있는 중이다
심양이 어디쯤인가, 세계 지도 속을 살펴보니
지도 속의 더 좋은 나라에 상륙하는 사람과 함부로 출항하는 배고픔이
심양을 판화처럼 까만 산맥으로 가로막고 있다
나는 얼른 지도를 산 사람의 손에 얹어 놓고
어깨로 떠받드는 하늘 향해 더 한 줌의 잿더미가 되어
수백 개의 별 가운데 진정한 별처럼 괴로움이 많은 사내를 기다린다
공처럼 이리저리 굴리고 싶었던 사내, 내 사람이
떠나가서 중천에 걸려 있는 세상 속의 달과
돌아와서 한쪽에 붙어 있는 천장 밖의 별이 없다면
우리 눈에 익은 그 지도가 무슨 소용이 있을까
어느덧 허다한 물건 걷어치우듯 지금은 나무에 단풍 들고
지도 면면마다 모든 구역을 훑으며
지도의 지도를 포함한 나라들이 색으로 나누어져 있질 않고
나는 앓아누웠던 한 사내의 순정과
상처를 품고 외곬을 설명하는 지도를 바라본다

따사로운 어머니처럼, 재생의 내음을 맡을수록 한없이
우러나오면서 불붙는 사막의 모래를 찾아낸다
무기처럼 심양에 멈춘 눈은 지금
온 나무 물들여는 일에 속도를 내고 있고 있는 중이다

　　　　　　　　　　　　　　──「심양을 찾아서」 전문

아, 사내는 무사히 강을 건넜을까.

이희옥 시인
서울예대 문예창작과와 수원대 국어국문학과 졸업.
서강대학교 신학대학원 철학과 휴학.
2009년 〈월간문학〉시 신인상으로 등단.
현재 파주 한빛중학교 재직.

그러니까, 이냐시오 로욜라 숲은
이희옥 시집

초판 1쇄 발행일   2014년 12월 8일
지은이 · 이희옥
펴낸이 · 김종해
펴낸곳 · 문학세계사

주소 · 서울시 마포구 신수로 59-1(121-856)
대표전화 · 02-702-1800   팩시밀리 · 02-702-0084
이메일 · mail@msp21.co.kr
홈페이지 · www.msp21.co.kr
페이스북 · www.facebook.com/munsebooks
출판등록 · 제21-108호(1979.5.16)

값 8,000원
ISBN 978-89-7075-593-9   03810